LES **MONSIEUR MADAME**

et le sapin de Noël

LES **MONSIEUR
MADAME**

et le sapin de Noël

Roger Hargreaves

hachette
JEUNESSE

C'était Noël et cette année, monsieur Étourdi
avait oublié d'acheter un sapin.

Est-ce que tu imagines, un Noël sans sapin ?

Où est-ce que le Père Noël allait déposer les cadeaux ?

D'habitude, monsieur Heureux aidait monsieur Étourdi à choisir son sapin, mais cette année, il était parti en vacances.

Maintenant, c'était trop tard.

Tous les sapins avaient été vendus

et tout le monde avait un sapin.

Monsieur Glouton avait acheté le sien.

Monsieur Maigre avait aussi acheté son sapin.

Monsieur Avare en avait acheté un… petit… tout petit.

Monsieur Bizarre en avait acheté six…

au cas où l'un d'entre eux s'enfuirait !

Quelle drôle d'idée !

Et même madame En Retard avait acheté un sapin…

le dernier qu'il restait.

Monsieur Étourdi comprit alors qu'il n'avait plus d'autre choix que d'aller dans la forêt pour couper un sapin lui-même.

Il partit donc seul dans la neige.

Il marcha,

marcha

et marcha longtemps

car il cherchait un sapin parfait, mais il ne le trouvait pas.

Soit l'un était trop tordu, soit l'autre était trop maigre,

et puis ils étaient tous trop grands.

– Ça n'ira pas dans mon salon,

murmura Monsieur Étourdi.

Après avoir longtemps cherché, monsieur Étourdi tomba enfin sur un sapin qui lui sembla juste comme il faut. C'est alors qu'il se rendit compte qu'il avait oublié sa scie !

« Zut ! pensa-t-il.

Il faut que je retourne la chercher à la maison ! »

C'est alors qu'il se rendit compte qu'il était perdu.

Pauvre monsieur Étourdi !

Il erra dans la forêt et finit pas tomber sur des traces

de pas dans la neige.

« Ce sont sûrement mes empreintes, pensa-t-il. Si je les

suis, elles devraient me conduire jusqu'à chez moi. »

Mais comme monsieur Étourdi était très étourdi,

il les suivit dans le mauvais sens, en direction du sapin

qu'il avait trouvé !

Monsieur Étourdi se retrouva bientôt dans une situation très délicate.

Il avait froid et la nuit commençait à tomber.

Il grimpa dans un arbre pour voir s'il pouvait apercevoir sa maison mais devant lui, il n'y avait que des sapins à perte de vue.

De désespoir, il se mit à appeler au secours.

– Au secours !

Heureusement, la chance lui sourit car le traîneau du Père Noël survola la forêt juste à ce moment-là.

– J'étais en route pour vous apporter votre cadeau dans votre maison, dit le Père Noël. Voulez-vous que je vous raccompagne ?

Quand ils furent arrivés chez monsieur Étourdi, le Père Noël lui demanda :

– À propos, que faisiez-vous dans un arbre au milieu de la forêt, le soir de Noël ?

– Eh bien… vous savez quoi ? répondit monsieur Étourdi. Je ne m'en souviens plus !

– Bon, où est-ce que je peux poser ça ? demanda le Père Noël en sortant un cadeau de sa hotte.

Le paquet avait curieusement une forme de sapin de Noël…

– Bien… heu… répondit monsieur Étourdi.

Soudain, la mémoire lui revint :

– Oh ! Merci, Père Noël ! Vous êtes merveilleux !

Tu vois, le Père Noël devine toujours ce que les gens veulent pour Noël.

Même si eux-mêmes l'ont oublié !

RÉUNIS VITE LA COLLECTION ENTIÈRE

1 MME AUTORITAIRE
2 MME TÊTE-EN-L'AIR
3 MME RANGE-TOUT
4 MME CATASTROPHE
5 MME ACROBATE
6 MME MAGIE
7 MME PROPRETTE
8 MME INDÉCISE

9 MME PETITE
10 MME TOUT-VA-BIEN
11 MME TINTAMARRE
12 MME TIMIDE
13 MME BOUTE-EN-TRAIN
14 MME CANAILLE
15 MME BEAUTÉ
16 MME SAGE

17 MME DOUBLE
18 MME JE-SAIS-TOUT
19 MME CHANCE
20 MME PRUDENTE
21 MME BOULOT
22 MME GÉNIALE
23 MME OUI
24 MME POURQUOI
25 MME COQUETTE

26 MME CONTRAIRE
27 MME TÊTUE
28 MME EN RETARD
29 MME BAVARDE
30 MME FOLLETTE
31 MME BONHEUR
32 MME VEDETTE
33 MME VITE-FAIT

34 MME CASSE-PIEDS
35 MME DODUE
36 MME RISETTE
37 MME CHIPIE
38 MME FARCEUSE
39 MME MALCHANCE
40 MME TERREUR
41 MME PRINCESSE
42 MME CÂLIN

DES **MONSIEUR MADAME**

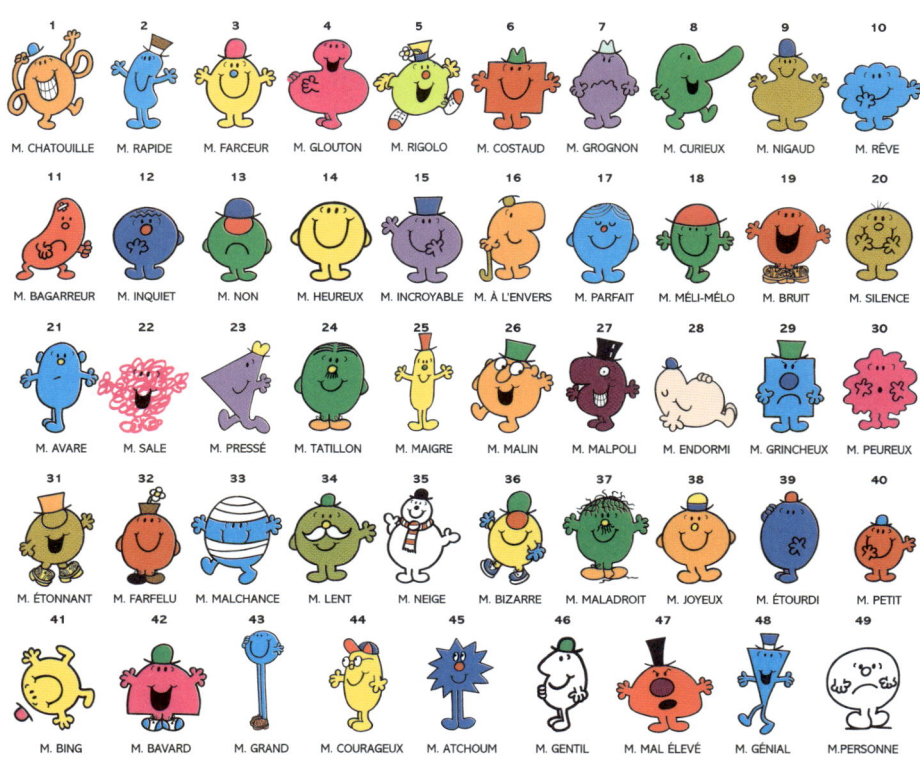

1	2	3	4	5	6	7	8	9	10
M. CHATOUILLE	M. RAPIDE	M. FARCEUR	M. GLOUTON	M. RIGOLO	M. COSTAUD	M. GROGNON	M. CURIEUX	M. NIGAUD	M. RÊVE

11	12	13	14	15	16	17	18	19	20
M. BAGARREUR	M. INQUIET	M. NON	M. HEUREUX	M. INCROYABLE	M. À L'ENVERS	M. PARFAIT	M. MÉLI-MÉLO	M. BRUIT	M. SILENCE

21	22	23	24	25	26	27	28	29	30
M. AVARE	M. SALE	M. PRESSÉ	M. TATILLON	M. MAIGRE	M. MALIN	M. MALPOLI	M. ENDORMI	M. GRINCHEUX	M. PEUREUX

31	32	33	34	35	36	37	38	39	40
M. ÉTONNANT	M. FARFELU	M. MALCHANCE	M. LENT	M. NEIGE	M. BIZARRE	M. MALADROIT	M. JOYEUX	M. ÉTOURDI	M. PETIT

41	42	43	44	45	46	47	48	49
M. BING	M. BAVARD	M. GRAND	M. COURAGEUX	M. ATCHOUM	M. GENTIL	M. MAL ÉLEVÉ	M. GÉNIAL	M.PERSONNE

Traduction : Anne Marchand-Kalicky

Édité par Hachette Livre - 58, rue Jean Bleuzen 92178 Vanves Cedex.
Dépôt légal : octobre 2013.
Loi n° 49-956 du 16 juillet 1949 sur les publications destinées à la jeunesse.
Achevé d'imprimer par Canale en Roumanie.